COLLECTION FOLIO

Roald Dahl

À moi la vengeance S.A.R.L.

suivi de

Madame Bixby et le manteau du Colonel

Traduit de l'anglais
par Alain Delahaye et Élisabeth Gaspar

Gallimard

Ces nouvelles sont extraites de deux recueils : « À moi la vengeance S.A.R.L. », traduite par Alain Delahaye, est issue de *L'homme au parapluie et autres nouvelles* (Folio n° 2468) ; « Madame Bixby et le manteau du Colonel », traduite par Élisabeth Gaspar, est issue de *Kiss Kiss* (Folio n° 1029).

Roald Dahl était un espion, un pilote de chasse émérite, un historien du chocolat et un inventeur en médecine. Il est aussi l'auteur de *Charlie et la chocolaterie, Matilda, Le Bon Gros Géant* et bien d'autres fabuleuses histoires : il est le meilleur conteur du monde !

Roald Dahl disait : « Si vous avez de bonnes pensées, elles feront briller votre visage comme des rayons de soleil et vous serez toujours resplendissant. »

Nous croyons aux bonnes actions. Nous avons apporté notre soutien à de nombreuses causes : aux infirmières qui s'occupent d'enfants, aux associations qui fournissent une aide matérielle à des familles dans le besoin, à des programmes d'aide sociale et éducative…

Pour en savoir plus : roalddahl.com

Le Roald Dahl Charitable Trust est une association caritative anglaise enregistrée sous le numéro 1119330.

Découvrez, lisez ou relisez les livres de Roald Dahl en Folio :

BIZARRE ! BIZARRE ! (Folio n° 395)

KISS KISS (Folio n° 1029)

MON ONCLE OSWALD (Folio n° 1745)

LA GRANDE ENTOURLOUPE (Folio n° 1520 et Folio Bilingue n° 52)

L'HOMME AU PARAPLUIE *et autres nouvelles* (Folio n° 2468 et Folio Bilingue n° 111)

GELÉE ROYALE *précédé de* WILLIAM ET MARY (Folio 2 € n° 4041)

LA PRINCESSE ET LE BRACONNIER (Folio Bilingue n° 9)

LES IRRÉSISTIBLES RECETTES / *REVOLTING RECIPES* (Folio Bilingue n° 163)

L'INVITÉ (Folio 2 € n° 3694)

LE CHIEN DE CLAUDE (Folio 2 € n° 4738)

À moi la vengeance S.A.R.L.

Il neigeait lorsque je m'éveillai.

Je savais qu'il neigeait, parce qu'il y avait une sorte de clarté dans la chambre, et que tout semblait calme dehors : on n'entendait ni bruits de pas ni crissements de pneus, simplement le ronronnement des moteurs de voitures. Je me relevai sur un coude et vis George près de la fenêtre, vêtu de sa robe de chambre verte, penché sur le réchaud à pétrole pour préparer le café.

« Il neige, dis-je.

— Il fait froid, répondit George. Terriblement froid. »

Je sortis du lit et allai chercher le journal du matin de l'autre côté de la porte. Pour sûr, on pouvait dire qu'il faisait froid ! Je revins à toute allure, sautai dans le lit et restai immobile un bon moment sous les couvertures, tenant mes mains serrées entre mes jambes pour les réchauffer.

« Pas de lettres ? demanda George.

— Non. Rien au courrier.

— J'ai bien l'impression que le vieux ne va pas se décider à cracher.

— Il croit peut-être qu'avec quatre cent cinquante dollars on a de quoi vivre pour un mois, dis-je.

— Il n'est jamais allé à New York. Il ne connaît pas le coût de la vie ici.

— Tu n'aurais pas dû tout dépenser en une semaine. »

George se redressa et me regarda. « *Nous* n'aurions pas dû tout dépenser, tu veux dire.

— D'accord, admis-je. Nous. » Puis j'entrepris de lire le journal.

Comme le café était prêt, George apporta la cafetière et la déposa sur la table entre nos deux lits. « Personne ne peut vivre sans argent, déclara-t-il. Le vieux devrait au moins savoir ça. » Il se remit dans son lit sans enlever sa robe de chambre verte. Je poursuivis ma lecture. Je terminai la page des courses et celle du football, à la suite de quoi j'entamai l'article de Lionel Pantaloon, le grand chroniqueur satirique de la vie politique et mondaine. Je lis toujours la rubrique de Pantaloon – au même titre que les vingt ou trente millions de lecteurs assidus qu'il compte dans le pays. C'est devenu chez moi une habitude, et même plus : cela fait partie intégrante de ma matinée, comme le rite de boire trois tasses de café ou de me raser.

« Ce type a un sacré culot, dis-je.

— Qui ?

— Ce Lionel Pantaloon.

— Qu'est-ce qu'il raconte aujourd'hui ?

— Les mêmes histoires que d'ordinaire. Le même genre de scandales. Toujours à propos des riches. Écoute-moi un peu ça : "… vu au Penguin Club… le banquier William S. Womberg en compagnie de la ravissante starlette Theresa Williams… trois nuits de suite… Mme Womberg reste chez elle et souffre de migraine… On la comprend aisément, car n'importe quelle épouse aurait la migraine si son petit mari jouait les chevaliers servants auprès de Miss Williams ne fût-ce qu'une soirée…"

— Avec un truc pareil, voilà Womberg dans un fameux pétrin, dit George.

— Je trouve que c'est honteux. Des ragots de ce genre sont susceptibles de causer un divorce. Comment ce Pantaloon peut-il s'en tirer sans dommage avec des propos aussi diffamatoires ?

— Il y réussit toujours, ils ont tous peur de lui, répondit George. Mais si j'étais William S. Womberg, tu sais ce que je ferais ? Je sortirais immédiatement, j'irais dénicher ce Lionel Pantaloon et je lui flanquerais un bon coup de poing sur le nez ! Non mais quoi ! C'est la seule et unique façon de se faire respecter un peu par ces gens-là.

— M. Womberg ne pourrait jamais faire ça.

— Pourquoi pas ?

— Parce que c'est un homme âgé, dis-je. M. Womberg est un vieux monsieur très digne et respectable. C'est l'un des banquiers les plus en vue de la ville. En aucun cas il ne se risquerait… »

C'est alors que cela se produisit. Brusquement, surgie de nulle part, la grande idée me vint. Elle se présenta comme cela, au beau milieu de ma phrase, et je m'arrêtai net. Je la sentis pour ainsi dire matériellement s'infiltrer dans mon cerveau, je demeurai très calme et la laissai continuer à pénétrer, à envahir tout mon esprit. J'avais à peine eu le temps de me rendre compte de ce qui s'était passé que déjà tout le plan – un plan magnifique et superbement intelligent – s'était dessiné avec une parfaite netteté dans ma tête ; et à cet instant même je compris que c'était une splendeur.

Je me tournai, et aperçus George qui me dévisageait d'un air interrogateur. « Eh, qu'est-ce qui te prend ? demanda-t-il. Qu'est-ce que tu as ? »

Je gardai ma sereine tranquillité. Je tendis le bras pour me resservir de café, avant de m'accorder le plaisir de parler.

« George, dis-je, toujours sans la moindre excitation. J'ai une idée. Écoute-moi très attentivement, parce que j'ai une idée qui va nous rendre tous les deux très riches. Nous sommes fauchés, pas vrai ?

— Bien sûr.

— Et ce William S. Womberg, poursuivis-je, estimerais-tu qu'il est plutôt en colère contre Lionel Pantaloon ce matin ?

— En colère ! s'écria George. En colère !

Mais, bon sang, il doit être absolument fou furieux !

— Effectivement. Et, à ton avis, cela lui plairait-il de voir Lionel Pantaloon recevoir un bon coup de poing sur le nez ?

— Sacré bon Dieu, bien sûr que oui !

— Et maintenant dis-moi : si on le lui proposait, M. Womberg ne serait-il pas disposé à payer une certaine somme d'argent à quelqu'un qui entreprendrait de sa part, avec discrétion et efficacité, cette opération "coup de poing sur le nez" ? »

George tourna la tête et me regarda ; doucement, avec soin, il déposa sa tasse de café sur la table. Un sourire qui allait s'élargissant commença à illuminer son visage. « J'ai pigé, dit-il. J'ai pigé ton idée.

— Ce n'est qu'une petite partie de mon projet. Si tu jettes un coup d'œil à la chronique de Pantaloon, tu verras qu'une autre personne a été discréditée aujourd'hui. » Je pris le journal. « Voilà, il s'agit d'une Mme Ella Gimple, une dame fort connue dans la haute société, qui possède peut-être un million de dollars à la banque…

— Qu'est-ce qu'en dit Pantaloon ? »

Je regardai de nouveau le journal. « Il insinue, répondis-je, qu'elle gagne beaucoup d'argent sur le dos de ses amis, en organisant des parties de roulette et en tenant elle-même le rôle de la banque.

— Cette Gimple aura du mal à s'en remettre, déclara George. De même que Womberg. Gimple et Womberg. » Il était assis bien droit dans son lit et attendait que je continue.

« Donc, repris-je, nous avons deux personnes différentes qui toutes deux haïssent à mort Lionel Pantaloon ce matin. Toutes deux souhaitent désespérément pouvoir aller lui boxer le nez, mais aucune n'ose le faire. Tu comprends la situation ?

— Parfaitement.

— Voilà, ajoutai-je, en ce qui concerne Lionel Pantaloon. Mais n'oublie pas qu'il y a d'autres types dans son genre. Il existe des douzaines d'autres chroniqueurs satiriques qui passent leur temps à dire du mal des personnalités riches et influentes. Pense à Harry Weyman, à Claude Taylor, à Jacob Swinski, à Walter Kennedy, et à tous les autres scribouillards de la même espèce.

— Tu as raison, renchérit George. Totalement raison.

— Je te le dis, il n'y a rien qui rende les riches aussi furieux que de se voir tournés en dérision et insultés dans les journaux.

— Continue, mon vieux, continue.

— D'accord. Maintenant voici mon plan. »

Je commençais aussi à m'échauffer moi-même. Je me penchais par-dessus le bord du lit, une main posée sur la table basse, et agitant l'autre en l'air tout en parlant. « Nous allons monter immédiatement une société et nous l'appellerons… nous allons l'appeler… nous l'appellerons… attends voir une seconde… Nous l'appellerons “À moi la vengeance S.A.R.L.”. Qu'en penses-tu ?

— Un nom un peu bizarre.

— C'est une citation biblique[1] ! C'est excellent. Ça me plaît. “À moi la vengeance S.A.R.L.” Ça sonne très bien. Et nous ferons imprimer des cartes en bristol, que nous enverrons à tous nos clients pour leur rappeler qu'ils ont été publiquement diffamés et humiliés, et leur proposer de punir le cou-

1. Voir Épître de Paul aux Romains, XII, 19. *(N.d.T.)*

pable moyennant rétribution. Nous achèterons tous les journaux, nous lirons toutes les chroniques mondaines, et chaque jour nous enverrons au moins une douzaine de nos cartes à des clients possibles.

— C'est merveilleux ! s'exclama George. Fantastique !

— Nous allons devenir riches, lui dis-je. En un rien de temps nous amasserons une fortune immense.

— Il faut commencer tout de suite ! »

Je bondis hors du lit, courus chercher un bloc-notes et un stylo à bille, et me fourrai de nouveau sous les couvertures. « Bon, dis-je, relevant les genoux et y appuyant le bloc-notes, la première décision à prendre, c'est ce que nous imprimerons sur les cartes que nous enverrons à nos clients. » J'écrivis donc « À MOI LA VENGEANCE S.A.R.L. » en guise d'en-tête au sommet de la feuille. Puis, avec beaucoup d'application, je rédigeai une lettre fort bien écrite expliquant les principes de notre organisation. Celle-ci se terminait par la phrase suivante : « En conséquence À MOI LA VENGEANCE S.A.R.L. entreprendra, de votre part et dans le secret absolu, d'administrer un châtiment convenable au chroniqueur… et à cet effet nous soumettons respectueusement un choix de méthodes (ainsi que les tarifs correspondants) à votre considération. »

« Un choix de méthodes ? Qu'entends-tu par là ? demanda George.

— Nous devons leur offrir un certain éventail. Il faut imaginer un certain nombre de choses… de punitions différentes. Le numéro un sera… *1) Coup de poing sur le nez, assené avec violence*, articulai-je tout en l'écrivant. Combien demanderons-nous pour ça ?

— Cinq cents dollars », répondit George instantanément.

J'inscrivis le chiffre. « Quel est le châtiment suivant ?

— Un œil au beurre noir », dit George.

J'inscrivis : *2) Un œil au beurre noir… 500 dollars.*

« Non ! intervint George. Je ne suis pas d'accord sur le prix. Un œil au beurre noir bien exécuté requiert indubitablement plus de précision et d'habileté qu'un coup de poing sur le nez. C'est un travail réservé à des gens qualifiés. Cela devrait coûter six cents dollars.

— D'accord, dis-je. Six cents. Et quel est le suivant ?

— Les deux ensemble, naturellement. Le coup classique, un crochet du gauche accompagné d'un direct du droit. » Nous nous trouvions désormais dans le territoire de George. Il connaissait admirablement la question.

« Les deux ensemble ?

— Absolument. Un coup de poing sur le nez *et* un œil au beurre noir. Onze cents dollars.

— Il faudrait une réduction quand on prend les deux à la fois, dis-je. Mettons ça à mille dollars.

— C'est bougrement bon marché, grogna George. À ce prix-là, tout le monde se jettera dessus.

— Quel est le suivant ? »

Nous gardions tous deux le silence à présent, et nous nous concentrions de toutes nos forces. Trois profonds sillons parallèles se creusèrent dans la peau du front plutôt bas et tombant de George. Il se mit à se gratter le cuir chevelu, lentement mais avec beaucoup d'énergie. Je détournai le regard et tentai de réfléchir à toutes les choses abominables que les gens avaient pu faire à d'autres. Pour finir j'en trouvai une et, tandis que George observait la pointe de mon stylo qui courait sur le papier, j'écrivis : *4) Placer un serpent à sonnettes (dont le venin aura été préalablement extrait) sur le plancher de sa voiture, près des pédales, pendant qu'elle est en stationnement.*

« Sacré bon Dieu ! murmura George. Tu veux le faire mourir de frayeur !

— Naturellement, dis-je.

— Et où te procurerais-tu un serpent à sonnettes, hein ?

— Je l'achèterai. On peut toujours en acheter, dans les magasins spécialisés. Combien allons-nous demander pour ça ?

« Quinze cents dollars », répondit George d'un ton ferme. J'inscrivis la somme.

« Il nous en faut encore un dernier.

— J'ai ce qu'il faut, dit George. Le kidnapper dans une voiture, lui enlever tous ses vêtements sauf son caleçon, ses chaussettes et ses chaussures, puis le déposer au beau milieu de la Cinquième Avenue à l'heure de pointe. » Il sourit largement, le visage radieux et triomphal.

« Nous ne pouvons pas faire ça.

— Écris-le. Et indique comme tarif deux mille cinq cents dollars. Tu le ferais sans problème si ce vieux Womberg se montrait prêt à te payer une telle somme.

— Oui, admis-je. Je suppose que oui. » J'inscrivis donc le châtiment en question. « En voilà assez maintenant, ajoutai-je. Avec ça, ils auront un choix suffisamment étendu.

— Et où ferons-nous imprimer les cartes ? demanda George.

— Chez George Karnoffsky, déclarai-je. Un autre George. C'est un ami à moi. Il tient une petite imprimerie dans la Troisième Avenue. Il fait des invitations à des mariages et des affiches pour les grands magasins. Il se chargera de la besogne. J'en suis sûr.

— Alors, qu'est-ce que nous attendons ? »

Nous bondîmes tous deux hors du lit et commençâmes à nous habiller. « Il est midi, remarquai-je. En nous dépêchant nous pourrons encore le trouver avant qu'il ne parte déjeuner. »

Il neigeait toujours lorsque nous sortîmes dans la rue, et il y avait dix à quinze centimètres de neige sur le trottoir, mais nous parcourûmes au pas de course les quatorze pâtés de maisons qui nous séparaient de la boutique de Karnoffsky, et y arrivâmes juste au moment où il mettait son manteau pour s'en aller.

« Claude ! s'exclama-t-il. Salut, mon pote ! Comment ça marche, depuis tout ce temps ? » Il me serra la main vigoureusement. Il avait un gros visage plein de bonhomie, et un nez extrêmement large et aplati, qui débordait sur ses joues d'au moins trois centimètres de chaque côté. Je le saluai à mon tour, et lui annonçai que nous étions venus pour discuter d'une affaire des plus urgentes. Il ôta son manteau et nous fit pénétrer dans son bureau ; alors j'entrepris de lui raconter notre plan, et le service que nous désirions de lui.

Lorsque je fus parvenu aux trois quarts de mon histoire, il commença à rire bruyamment et de manière ininterrompue, si bien qu'il me devint impossible de continuer ; en conséquence, j'abrégeai la fin et lui tendis la feuille de papier portant le texte que nous voulions faire imprimer. Quand il le lut, son corps entier fut secoué de rires convulsifs : il ne cessait de taper sur son bureau avec le plat de la main, il toussait, suffoquait et rugissait comme un dément. Nous restâmes assis à le contempler. Nous ne voyions rien de particulièrement risible dans la situation.

Pour finir il se calma, sortit un mouchoir et s'essuya les yeux en prenant bien son temps. « Jamais autant ri de ma vie, dit-il d'une petite voix affaiblie. Ça, pour une blague, elle est vraiment formidable. Ça vaut un bon déjeuner. Venez, les gars. Je vous invite à déjeuner.

— Écoute, répondis-je de mon ton le plus sérieux, il ne s'agit nullement d'une plaisanterie. Il n'y a pas de quoi rire. Tu assistes à la naissance d'une nouvelle et puissante organisation…

— Allez, allez, fit-il, se remettant à rire de plus belle. Venez, vous avez bien mérité votre déjeuner.

— Quand peux-tu imprimer ces cartes ? » demandai-je. Ma voix était dure, et je m'efforçais d'imiter le ton des hommes d'affaires.

Il s'interrompit et nous regarda fixement. « Vous voulez dire… vous voulez vraiment dire… que vous avez l'intention de réaliser ce projet pour de bon ?

— Parfaitement. Tu assistes à la naissance…

— Bon, d'accord, dit-il en se levant, d'accord. À mon avis vous êtes cinglés et vous allez vous attirer des ennuis. C'est sûr et certain, vous aurez des problèmes, les gars. Ces types-là, ils aiment bien fourrer leur nez dans les affaires des gens, mais ils n'apprécient pas d'être embêtés à leur tour.

— Quand peux-tu les imprimer, et sans qu'aucun de tes employés ne les lise ?

— Pour une telle occasion, répondit-il gravement, je me passerai de déjeuner. Je vais composer les caractères moi-même. C'est le moins que je puisse faire. » Il éclata de nouveau d'un rire puissant, et les bords de ses énormes narines frémirent de plaisir. « Combien en veux-tu ?

— Un millier, pour commencer, ainsi que des enveloppes.

— Reviens à deux heures », me dit-il. Je le remerciai abondamment, et tandis que nous sortions nous entendîmes son rire résonner le long du couloir menant à l'atelier situé à l'arrière de la boutique.

À deux heures précises nous étions de retour. George Karnoffsky se trouvait dans son bureau, et la première chose que je vis en entrant fut la grosse pile de cartes imprimées qui se dressait sur son bureau. C'étaient de grandes cartes, d'un format deux fois supérieur à celui des cartes ordinaires d'invitation à un mariage ou à un cocktail. « Et voilà, mon cher ami, dit-il. Tout est prêt pour la noble entreprise ! » Ce vieux crétin riait toujours.

Il nous tendit à chacun une carte, et j'examinai soigneusement la mienne. De toute évidence, il avait travaillé avec un sérieux et une minutie exemplaires. La carte elle-même, épaisse et rigide, était bordée d'une belle ligne dorée sur tout son pourtour, et les caractères de l'en-tête avaient une admirable élégance. Je ne peux pas la reproduire ici dans sa splendeur originale, mais je tiens quand même à vous montrer ce qu'elle disait :

À MOI LA VENGEANCE S.A.R.L.

Cher (e) M...

Vous avez probablement remarqué l'attaque aussi diffamatoire qu'injustifiée dont vous avez été victime, dans le journal d'aujourd'hui, de la part du chroniqueur... Il s'agit d'insinuations outrageantes, et de propos qui déforment délibérément la vérité.

Une personnalité telle que vous serait-elle prête à laisser cet individu minable et malveillant l'insulter de la sorte, sans réagir en aucune façon ?

Le monde entier sait qu'il est contraire à la nature même des Américains de se laisser insulter, en public ou en privé, sans relever l'affront, dans un élan de vertueuse indignation, et demander – non, exiger – une juste réparation.

D'un autre côté, il est bien naturel qu'une personne de votre niveau et de votre réputation ne souhaite pas se mêler davantage *personnellement* de cette petite affaire sordide, ni même avoir le moindre contact *direct* avec cet individu méprisable.

Dans ce cas, comment obtiendrez-vous satisfaction ?

La réponse est simple. À MOI LA VENGEANCE S.A.R.L. s'en chargera pour vous. Nous entreprendrons, de votre part et dans le secret absolu, d'administrer un châtiment personnel au chroniqueur..., et à cet effet nous soumettons respectueusement à votre considération un choix de méthodes (accompagné du tarif) :

1) Coup de poing sur le nez, assené avec violence :	500 dollars
2) Œil au beurre noir :	600 dollars
3) Coup sur le nez et œil au beurre noir :	1 000 dollars
4) Installation d'un serpent à sonnettes (dont le venin aura été préalablement extrait) sur le plancher de sa voiture, près des pédales, pendant qu'elle est en stationnement :	1 500 dollars
5) Enlèvement du coupable, qui sera emmené en voiture, déshabillé intégralement à l'exception de son caleçon, de ses chaussettes et de ses chaussures, puis déposé au beau milieu de la Cinquième Avenue à l'heure de pointe :	2 500 dollars

Travail exécuté par un professionnel.

Si vous désirez bénéficier de l'un ou l'autre de ces services, ayez l'amabilité de répondre à À MOI LA VENGEANCE S.A.R.L., à l'adresse indiquée sur le papier ci-inclus. Dans toute la mesure du possible, nous essaierons de vous avertir à l'avance de l'heure et du lieu où se déroulera l'événement, de telle sorte que vous puissiez, si vous le souhaitez, y assister en personne en respectant une distance convenable pour préserver votre anonymat.

Aucun paiement ne sera demandé avant que votre commande n'ait été exécutée à votre entière satisfaction, lorsqu'un compte rendu détaillé en sera donné par les moyens d'information habituels.

George Karnoffsky avait réalisé là vraiment un splendide travail d'imprimerie.

« Alors, Claude, dit-il, ça te plaît ?

— C'est merveilleux.

— C'est ce que je pouvais faire de mieux pour toi. Ça me rappelle l'époque de la guerre, où sans arrêt je voyais des soldats qui partaient, peut-être pour se faire tuer ; alors je passais mon temps à leur donner ce que je pouvais et à leur rendre toutes sortes de services ! » Comme il se remettait à rire bruyamment, je coupai court : « Je crois qu'il est temps que nous partions maintenant. As-tu de grandes enveloppes pour ces cartes ?

— Tout est là. Et tu pourras me payer quand l'argent commencera à rentrer ! » Cette dernière remarque provoqua chez lui un fou rire plus hystérique que jamais, et il s'écroula dans son fauteuil, agité de soubresauts et poussant des petits cris comme un malade mental. George et moi nous nous hâtâmes de quitter la boutique et de regagner la rue. C'était maintenant l'après-midi, et il neigeait toujours.

Nous revînmes à notre chambre presque en courant, et au passage j'empruntai dans le hall de l'immeuble, doté d'un téléphone public, un annuaire de Manhattan. Nous trouvâmes « Womberg, William S. » sans la moindre difficulté, et pendant que je lisais l'adresse à haute voix – quelque part dans la 90e Rue Est – George l'écrivit sur une des enveloppes.

« Gimple, Mme Ella H. » était aussi dans l'annuaire, et nous recopiâmes également son adresse sur une enveloppe.

« Allons les poster tout de suite, avant la prochaine levée, dit George.

— Non, nous les distribuerons nous-mêmes, répliquai-je. Et immédiatement. Plus vite ils les auront, mieux cela vaudra. Demain, il sera peut-être déjà trop tard. Leur fureur aura perdu plus de la moitié de sa force si nous laissons passer une journée. Les gens peuvent facilement se calmer en l'espace d'une nuit. Donc voici, ajoutai-je, tu vas aller me distribuer ces deux cartes à l'instant. Pendant que tu t'acquitteras de cette tâche, j'irai faire un tour en ville, et je tenterai de me renseigner sur les habitudes de Lionel Pantaloon. On se retrouve ici plus tard dans la soirée… »

Je rentrai vers neuf heures du soir, et aperçus George allongé sur son lit, en train de fumer une cigarette et de boire du café.

« J'ai remis les deux cartes, déclara-t-il. Je les ai simplement glissées dans la fente de la boîte aux lettres, j'ai pressé la sonnette, et je me suis enfui à toutes jambes dans la rue. Womberg avait une grande maison, une immense maison blanche. Et toi, comment ça a marché ?

— J'ai rendu visite à un type qui travaille comme rédacteur sportif au *Daily Mirror*. Il m'a tout raconté.

— C'est-à-dire ?

— D'après lui, les déplacements de Pantaloon s'effectuent selon un rythme plus ou moins routinier. Il travaille la nuit, mais où qu'il aille plus tôt dans la soirée, il aboutit *toujours* – et voilà l'important –, il aboutit *toujours* au Penguin Club. Il y arrive aux alentours de minuit, et y reste jusqu'à deux heures ou deux heures et demie du matin. C'est à ce moment-là que ses rabatteurs lui apportent leurs renseignements.

— Voilà tout ce que nous avions besoin de savoir, dit joyeusement George.

— C'est trop facile.

— On nous présente pour ainsi dire l'argent sur un plateau ! »

L'armoire contenait une bouteille de whisky encore pleine, et George la sortit. Durant les deux heures qui suivirent, nous restâmes assis sur nos lits à boire ce whisky et à élaborer des plans complexes et magnifiques pour le développement de notre organisation. Vers onze heures, nous étions déjà à la tête d'un personnel de cinquante membres, dont douze boxeurs célèbres, et nous avions nos bureaux au Rockefeller Center. À minuit, nous possédions la mainmise sur la totalité des chroniqueurs mondains, et nous leur dictions chaque jour leurs articles par téléphone à partir de notre quartier général, en prenant soin de discréditer et de mettre en rage quotidiennement au moins vingt personnes riches dans une partie ou une autre du pays. Nous avions acquis une fortune colossale, George roulait dans une luxueuse Bentley, et moi j'avais cinq Cadillac. George n'arrêtait pas de s'entraîner à téléphoner à Lionel Pantaloon. « C'est vous, Pantaloon ? — Oui, monsieur. — Eh bien, écoutez-moi un peu. Je trouve votre article d'aujourd'hui absolument infect. Avouez qu'il laisse plutôt à désirer. — Vous m'en voyez désolé, monsieur. J'essaierai de faire mieux demain. — J'espère bien que vous ferez mieux, Pantaloon. En fait, depuis un certain temps nous songeons à prendre quelqu'un d'autre pour vous remplacer. — Oh non, s'il vous plaît, je vous en supplie, monsieur, accordez-moi juste encore une chance. — D'accord, Pantaloon, mais c'est la dernière. Et à propos, les gars vont mettre un serpent à sonnettes dans votre voiture cette nuit, de la part de Hiram C. King, le magnat des savonnettes. M. King vous épiera de l'autre côté de la rue, alors n'oubliez pas de simuler la terreur quand vous verrez le serpent. — Oui, monsieur, bien sûr, monsieur. Je n'oublierai pas, monsieur… »

Quand finalement nous nous couchâmes

et éteignîmes la lumière, j'entendais toujours George qui engueulait Pantaloon comme du poisson pourri au téléphone.

Le lendemain matin, nous fûmes tous deux réveillés par la cloche de l'église du quartier qui sonnait neuf heures. George se leva pour aller chercher le courrier à la porte de l'immeuble, et quand il revint il tenait une lettre à la main.

« Ouvre-la ! » ordonnai-je.

Il l'ouvrit, et déplia soigneusement une seule feuille de papier ordinaire.

« Lis-la ! » m'écriai-je.

Il se mit à la déchiffrer, d'une voix lente et sérieuse au début, mais qui se transforma graduellement, de plus en plus aiguë et forte, jusqu'à devenir un hurlement de triomphe quand il comprit tout le sens de la lettre. Celle-ci disait : *« Vos méthodes semblent curieusement peu orthodoxes. En même temps, tous les mauvais traitements que vous pourrez infliger à ce scélérat bénéficieront de mon entière approbation. Donc, allez-y. Commencez par l'article n° 1, et si vous réussissez je ne serais que trop heureux de vous passer commande pour tout le reste de la liste. Envoyez-moi votre facture. William S. Womberg. »*

Je me souviens que dans l'excitation du moment nous exécutâmes, en pyjama, une sorte de danse tout autour de la pièce, en chantant à pleine voix les louanges de M. Womberg, et en proclamant que désormais nous étions riches. George fit plusieurs sauts périlleux sur son lit, et j'ai bien pu l'imiter sans m'en rendre compte.

« Quand nous y mettons-nous ? demanda-t-il. Ce soir ? »

J'observai quelques instants de silence avant de répondre. Je refusais de me laisser emporter par la précipitation. Les pages des livres d'histoire sont remplies de noms de grands hommes qui se sont mordu les doigts d'avoir pris des décisions hâtives dans la fièvre du moment. Je mis ma robe de chambre, allumai une cigarette et commençai à faire les cent pas dans la chambre. « Rien ne presse, déclarai-je. Nous pourrons nous occuper de la commande de Womberg en temps voulu. Mais en premier lieu nous devons effectuer notre distribution de cartes quotidienne. »

Je m'habillai rapidement, allai au kiosque de l'autre côté de la rue, achetai un exemplaire de chacun des journaux qui s'y trouvaient, et revins à notre chambre. Nous passâmes les deux heures suivantes à lire les articles des chroniqueurs mondains, et à la fin nous eûmes une liste de onze personnes – huit hommes et trois femmes – qui toutes avaient été calomniées d'une manière ou d'une autre ce matin. Les affaires marchaient bien. Le travail allait comme sur des roulettes. Ensuite il ne nous fallut qu'une demi-heure pour chercher les adresses des gens insultés – deux restèrent introuvables – et les recopier sur les enveloppes.

Dans le courant de l'après-midi, nous portâmes nos messages à domicile, et vers six heures du soir nous revînmes à notre chambre, fatigués mais triomphants. Nous préparâmes du café et des hamburgers, et prîmes notre dîner au lit. Puis nous nous relûmes mutuellement, à maintes reprises, la lettre de Womberg.

« Imagine un peu, il nous passe une commande pour six mille cent dollars, dit George. Toute la liste, du n° 1 au n° 5 !

— C'est un assez bon départ. Pas trop mal pour une première journée. Six mille dollars par jour, ça donne… attends une minute… presque deux millions de dollars par an, si je ne compte pas les dimanches. Un million chacun. C'est plus que ce que gagne Betty Grable.

— Nous sommes de vrais nababs », affirma George. Lentement, un merveilleux sourire de pur contentement se dessina sur son visage.

« D'ici un jour ou deux, nous allons nous installer dans une grande suite à l'hôtel St. Regis.

— Je verrais plutôt le Waldorf, dit George.

— Va pour le Waldorf. Et plus tard nous pourrions aussi acheter une maison.

— Comme celle de Womberg ?

— D'accord. Comme celle de Womberg. Mais d'abord, ajoutai-je, nous avons du travail à faire. Demain, nous nous occuperons de Pantaloon. Nous l'attraperons quand il sortira du Penguin Club. À deux heures et demie du matin, nous l'attendrons, et lorsqu'il arrivera dans la rue tu t'avanceras et tu le frapperas une seule fois, avec violence, exactement sur l'arête du nez, comme stipulé dans le contrat.

— Ce sera un plaisir, dit George. Ce sera un vrai plaisir. Mais comment nous enfuirons-nous ? À pied ?

— Nous louerons une voiture pour une heure. Il nous reste juste assez d'argent pour ça. Je tiendrai le volant et laisserai tourner le moteur, à moins de dix mètres de toi ; la portière sera ouverte, et dès que tu auras cogné il te suffira de sauter sur le siège, et nous disparaîtrons dans la nature.

— Parfait. Je vais taper très fort, crois-moi. » George s'interrompit. Il serra son poing droit et examina les articulations des phalanges. Puis il sourit de nouveau, et dit lentement : « Ce Pantaloon, il est bien possible qu'après ce coup-là il se retrouve avec un nez tellement écrasé qu'il ne pourra plus le fourrer dans les affaires des autres, pas vrai ?

— C'est fort possible, en effet », répondis-je, et avec cette joyeuse pensée en esprit nous éteignîmes la lumière et ne tardâmes pas à nous endormir.

Le lendemain matin je fus réveillé par un cri ; je m'assis dans le lit et vis George debout devant moi, qui agitait les bras en pyjama. « Regarde ! s'exclama-t-il. Il y en a quatre ! Quatre ! » Je l'observai : effectivement il tenait quatre lettres à la main.

« Ouvre-les. Vite, ouvre-les ! »

Il lut la première à voix haute : « *Chers À Moi La Vengeance S.A.R.L., Voilà la meilleure proposition que j'aie reçue depuis des années. Foncez de l'avant et infligez à M. Jacob Swinski le traitement du serpent à sonnettes (méthode n° 4). Mais je me ferai un plaisir de vous payer double tarif si vous oubliez d'extraire le venin. Bien à vous, Gertrude Porter-Vandervelt. P.S. Si j'étais vous j'assurerais le serpent. La morsure de ce type est infiniment plus venimeuse que celle de n'importe quel reptile.* »

George lut la seconde à voix haute : « *Mon chèque de 500 dollars est prêt et attend devant moi sur mon bureau. Dès l'instant où j'aurai la preuve que vous avez flanqué un bon coup de poing sur le nez à Lionel Pantaloon, il vous sera expédié sans délai. Je préférerais que le coup occasionne une fracture, si c'est possible. Bien à vous, etc., Wilbur H. Gollogly.* »

George lut la troisième à voix haute : « *Étant donné mon état d'esprit actuel et malgré ce que me dicte la raison, je suis tenté par votre offre et je vous demande de déposer cette canaille de Walter Kennedy dans la Cinquième Avenue vêtu seulement de son caleçon. À la condition expresse que le sol soit couvert de neige à ce moment et que la température soit inférieure à zéro. H. Gresham.* »

Il lut également la quatrième à voix haute : « *Un bon coup sur le nez de Pantaloon vaut bien cinq cents dollars, et je suis sûre que n'importe qui accepterait comme moi avec joie. Je souhaite assister au spectacle. Sincèrement vôtre, Claudia Calthorpe Hines.* »

George déposa les lettres doucement, avec soin, sur le lit. Il y eut un silence qui dura un bon moment. Nous nous regardions l'un l'autre, trop étonnés et trop heureux pour parler. J'entrepris de calculer la valeur de ces quatre commandes en termes d'argent.

« Ça fait un total de cinq mille dollars », dis-je à voix basse.

Le visage de George s'illumina d'un grand sourire radieux. « Claude, demanda-t-il, tu ne crois pas que nous devrions partir tout de suite nous installer au Waldorf ?

— Bientôt, répondis-je, mais pour le moment nous n'avons pas le temps de déménager. Nous n'aurons même pas le temps de distribuer de nouvelles cartes aujourd'hui. Il nous faut commencer à exécuter les commandes reçues. Nous sommes surchargés de travail.

— Et si nous engagions du personnel supplémentaire, et agrandissions notre organisation ?

— Plus tard, dis je. Même pour cela le temps nous manque aujourd'hui. Réfléchis un peu à tout ce que nous devons faire. Placer un serpent à sonnettes dans la voiture de Jacob Swinski… déposer Walter Kennedy en caleçon dans la Cinquième Avenue… flanquer un certain nombre de coups de poing sur le nez à Pantaloon… attends un peu… oui, nous devons cogner sur Pantaloon de la part de trois personnes différentes… »

Je m'arrêtai. Je fermai les yeux. Je demeurai immobile. De nouveau je me rendis compte qu'une inspiration, semblable à un clair petit ruisseau, s'infiltrait dans mes méninges. « J'ai la solution ! m'écriai-je. Je l'ai ! Je l'ai ! Nous ferons d'une pierre trois coups ! Trois clients satisfaits grâce à une seule intervention !

— Comment ça ?

— Tu ne vois donc pas ? Il nous suffit de frapper Pantaloon une fois, et chacun de nos trois clients... Womberg, Gollogly et Claudia Hines... pensera que nous l'aurons fait de sa part à lui ou à elle.

— Répète-moi ça. » Je lui expliquai de nouveau la chose.

— Ah, c'est vachement intelligent, ton truc.

— Simple question de bon sens. Et le même principe s'appliquera aux autres. Ceux qui demandent le coup du serpent à sonnettes et celui de la Cinquième Avenue peuvent attendre que nous ayons de nouvelles commandes. Dans quelques jours, nous aurons peut-être dix commandes pour un serpent à sonnettes dans la voiture de Swinski. Alors, nous pourrons les exécuter toutes d'un seul coup.

— C'est merveilleux.

— Donc, ce soir, repris-je, nous ferons son affaire à Pantaloon. Mais il nous faut d'abord louer une voiture. Nous devons aussi envoyer des télégrammes, un à Womberg, un à Gollogly et un à Claudia Hines, pour leur dire où et quand l'agression aura lieu. »

Nous nous habillâmes rapidement et sortîmes.

Dans un petit garage sale et silencieux de la 9e rue Est, nous parvînmes à louer une voiture, une vieille Chevrolet de 1934, à huit dollars pour la soirée. Nous envoyâmes trois télégrammes, tous identiques et habilement rédigés de manière à en dissimuler le sens véritable aux yeux des curieux : *« Espérons vous voir devant Penguin Club deux heures trente matin. Respectueusement, A. M. Laveng. »*

« Il reste encore un détail à régler, dis-je. Il est capital que tu sois déguisé. Pantaloon, ou encore le portier, par exemple, ne doivent pas pouvoir t'identifier par la suite. Il faudra que tu portes une fausse moustache.

— Et toi ?

— Pas nécessaire. Je resterai assis dans la voiture. Ils ne me verront pas. »

Nous entrâmes dans une boutique de farces et attrapes, où nous achetâmes pour George une superbe moustache noire, un bel objet aux longs bouts effilés, enduit de cire, raide et luisant. Quand il la tint devant son visage, il me fit immédiatement penser au kaiser d'Allemagne. Le marchand nous vendit aussi un tube de colle et nous montra comment on fixait la moustache à la lèvre supérieure. « Alors, comme ça, on va s'amuser un peu avec les enfants ? demanda-t-il. » À quoi George répondit : « Exactement. »

Tout était prêt désormais ; cependant il nous restait un bon moment à attendre. À nous deux nous n'avions plus que trois dollars, avec lesquels nous nous achetâmes chacun un sandwich et allâmes au cinéma. Puis, à onze heures du soir, nous prîmes livraison de la voiture et commençâmes à rouler lentement dans les rues de New York, histoire de tuer le temps.

« Tu ferais mieux de mettre ta moustache, pour t'y habituer tout de suite. »

Nous nous garâmes sous un réverbère ; je mis un peu de colle sur la lèvre supérieure de George, puis j'y fixai cette énorme chose velue aux extrémités effilées. Ensuite nous repartîmes. Il faisait froid dans la voiture, et dehors il recommençait à neiger. Je voyais quelques flocons traverser la lumière de mes phares. George n'arrêtait pas de demander :

« Avec quelle violence dois-je le frapper ? », et à chaque fois je lui répondais : « Avec toute la violence dont tu es capable, et sur le nez. Il faut que ce soit sur le nez, parce que ça fait partie du contrat. Tout doit être exécuté à la perfection. Nos clients seront peut-être là pour observer la scène. »

À deux heures du matin, nous longeâmes à vitesse très réduite l'entrée du Penguin Club, de manière à inspecter la situation. « Je stationnerai ici, dis-je, juste après l'entrée, dans ce bout de rue qui n'est pas éclairé. Mais je garderai la portière ouverte pour toi. »

Nous nous remîmes à rouler. Puis George me demanda : « À quoi ressemble-t-il ? Comment saurai-je que c'est lui ?

— Ne t'inquiète pas, répondis-je. J'ai pensé à ça. » Et je sortis de ma poche un morceau de papier que je lui tendis. « Tu prends ça, tu le plies plusieurs fois, tu le donnes au portier et tu lui dis de le faire remettre de toute urgence à Pantaloon. Fais semblant d'avoir une frousse mortelle et d'être terriblement pressé. Il y a quatre-vingt-dix-neuf chances sur cent pour que Pantaloon sorte.

Aucun chroniqueur ne pourrait résister à un message de ce genre. »

Sur le papier j'avais écrit : « *Je suis un employé du consulat d'U.R.S.S. Venez à la porte tout de suite, je vous en supplie, j'ai des révélations à vous faire, mais venez vite car je suis en danger. Je ne peux pas entrer pour aller à votre rencontre.* »

« Tu comprends, dis-je, ta moustache te donnera l'apparence d'un Russe. Tous les Russes ont de grosses moustaches. »

George prit le papier, le plia de manière à le rendre tout petit, et le serra entre le pouce et l'index. Il était maintenant presque deux heures et demie du matin, et nous reprîmes la direction du Penguin Club.

« Paré ? demandai-je.

— Oui.

— Cette fois nous y allons. Nous voici arrivés. Je vais me garer juste un peu après l'entrée… ici. Frappe-le fort ! » George ouvrit la portière et descendit de la voiture. Je refermai derrière lui, mais je me penchai et gardai la main sur la poignée, de manière à la réouvrir vivement en cas de nécessité ; je baissai également la vitre pour mieux observer. Je laissai le moteur tourner au ralenti.

Je vis George marcher d'un pas rapide jusqu'au portier, debout sous la marquise à rayures rouges et blanches qui s'étendait au-dessus du trottoir. Je vis le portier se tourner et dévisager George de la tête aux pieds ; la façon dont il l'examina ne me plut guère. C'était un homme de grande taille et manifestement imbu de sa personne, vêtu d'un bel uniforme bordeaux garni d'épaulettes et de boutons dorés, dont le pantalon s'ornait d'une large bande blanche le long de chaque jambe. Il portait également des gants blancs, et il restait là à regarder George d'un air fier et méprisant, fronçant les sourcils et serrant les lèvres avec dédain. Il semblait s'intéresser de fort près à la moustache de George, et je songeai : Oh, mon Dieu, nous en avons trop fait. Nous avons exagéré son déguisement. Il va s'apercevoir qu'elle est fausse, il va saisir entre ses doigts l'une des longues extrémités pointues, il va tirer sèchement et elle se détachera. Mais il ne le fit pas. Son attention fut détournée par les simagrées de George, car George se comportait en véritable acteur professionnel. Il dansait d'un pied sur l'autre, se tordait les mains puis les agitait en l'air, balançait son corps massif et secouait la tête et je l'entendais implorer : « Zifouplaît zifouplaît zifouplaît, vaites fite. Z'est une quesdion de fie ou de mort. Zifouplaît zifouplaît, porrtez za fite à M. Pantaloon. » Son accent russe ne ressemblait à aucun de ceux que j'avais entendus jusque-là, mais au demeurant sa voix avait les intonations d'un authentique désespoir.

Pour finir, gravement et toujours avec fierté, le portier articula : « Donnez-moi ce papier. » George le lui remit en disant : « Merzi, merzi, mais tites pien que z'est urchent. » Le portier disparut à l'intérieur. Il revint quelques instants plus tard et déclara : « Quelqu'un le lui remet en ce moment même. » George commença à marcher nerveusement de long en large. J'attendis, les yeux fixés sur la porte. Trois ou quatre minutes s'écoulèrent. George se tordit les mains et supplia : « Où esd-il ? Où esd-il ? Zifouplaît allez foir bourquoi il ne fient pas !

— Mais enfin, qu'est-ce que vous avez donc ? » s'exclama le portier. À présent il examinait de nouveau la moustache de George.

« Z'est une quesdion de fie ou de mort ! M. Pantaloon peut m'aider ! Il doit fenir !

— Vous ne voudriez pas la fermer un peu ? » rétorqua le portier. Néanmoins il retourna ouvrir la porte, passa la tête à l'intérieur, et je l'entendis marmonner quelques mots.

Il revint vers George et déclara : « On me dit qu'il arrive tout de suite. »

Un moment plus tard la porte s'ouvrit et Pantaloon en personne, un petit bonhomme sémillant et tiré à quatre épingles, apparut. Il s'arrêta près de la porte, regardant vivement d'un côté puis de l'autre, tel un furet nerveux et à l'affût. Le portier porta la main à sa casquette et montra du doigt George. J'entendis Pantaloon demander : « Alors, qu'est-ce que vous voulez ? »

George lui dit : « Zifouplaît, fenez bar izi, à l'apri des oreilles intiscrètes. » Il força Pantaloon à le suivre sur le trottoir, l'éloignant du portier et le rapprochant de la voiture.

« Allons, maintenant dites-moi ce que vous voulez », répéta Pantaloon.

Brusquement George cria « Regardez ! », en montrant le bout de la rue. Pantaloon tourna la tête, et à cet instant précis George leva le bras droit et le frappa en plein sur l'arête du nez. Je vis George se pencher en avant dans le mouvement, pour taper avec tout le poids de son corps, et la silhouette entière de Pantaloon parut se soulever légèrement du sol, et reculer ainsi de presque un mètre, comme en suspension dans les airs, jusqu'au moment où la façade du Penguin Club l'arrêta. Tout cela se passa très vite : une seconde plus tard George était dans la voiture à côté de moi, je démarrai et fonçai à toute allure, tandis que derrière nous le portier s'époumonait en pure perte à grands coups de sifflet.

« On a réussi ! haleta George, excité et hors d'haleine. Je l'ai frappé bougrement fort, hein ? Tu as vu comme je l'ai frappé fort ? »

La neige tombait à présent en flocons de plus en plus serrés ; je conduisais vite et prenais de nombreux virages sur l'aile. J'étais sûr que personne ne nous rattraperait au milieu de cette tempête de neige.

« Ce foutu crétin, il a bien failli traverser le mur tellement je l'ai frappé fort !

— Bien joué, George, approuvai-je. Du beau travail, George.

— Et tu l'as vu se soulever de terre ? Tu as vu comme il s'est mis à planer dans les airs ?

— Womberg sera rudement content, répondis-je.

— Et Gollogly aussi, et cette femme du nom de Hines.

— Ils seront tous contents, repris-je. Tu vas voir le fric qui va rentrer.

— Il y a une voiture derrière nous ! cria soudain George. Elle nous suit ! Elle se rapproche ! Ce type conduit comme un fou !

— Impossible, répliquai-je. Ils ne peuvent pas avoir déjà retrouvé notre trace. Ce n'est qu'une autre voiture qui va son chemin. » Je tournai vivement à droite.

« Il est toujours là, dit George. Continue de tourner. Nous aurons vite fait de le semer.

— Comment diable pouvons-nous semer une voiture de police avec une vieille Chevrolet de 1934 ? répondis-je. Je vais m'arrêter.

— Non, continue ! cria George. Tu te débrouilles à merveille.

— Je vais m'arrêter, répétai-je. Ça ne les rendra que plus furieux si je continue. »

George protesta farouchement, mais je savais que sa solution n'était pas la bonne, et je me rangeai contre la bordure du trottoir. L'autre voiture fit une embardée, nous dépassa et s'immobilisa en patinant devant nous.

« Vite ! dit George. Fichons le camp ! » Il avait ouvert la portière, et était prêt à s'enfuir à toutes jambes.

« Ne fais pas l'idiot, dis-je. Reste où tu es. Tu ne peux plus filer maintenant. »

Une voix sonore nous parvint de l'extérieur : « Alors, les gars, on est un peu pressés ?

— Oh, non, pas vraiment, répondis-je. Nous rentrons simplement chez nous.

— Ah ouais ?

— Euh, oui, nous rentrons chez nous maintenant, voilà tout. »

L'homme passa la tête par la vitre située de mon côté ; son regard se porta sur moi, puis sur George, puis de nouveau sur moi.

« C'est une sale nuit, dit George. Nous essayons seulement de rentrer chez nous avant que les rues ne soient complètement couvertes de neige.

— Eh bien, articula l'homme, vous pouvez rouler en toute tranquillité. Je tenais juste à vous remettre ceci tout de suite. » Il laissa tomber sur mes genoux une liasse de billets de banque. « Je m'appelle Gollogly, ajouta-t-il. Wilbur H. Gollogly. » Et il resta là debout dans la neige, nous adressant un large sourire, tapant des pieds et se frottant les mains pour se réchauffer. « J'ai reçu votre télégramme et j'ai observé toute la scène de l'autre côté de la rue. Vous avez fait un excellent travail. Je vous paie double tarif. Ça valait bien ça. Le spectacle le plus marrant que j'aie jamais vu ! Allez, au revoir, les gars. Mais faites gaffe, hein ? Vous serez recherchés maintenant. Si j'étais vous je quitterais la ville. Au revoir. » Et, sans nous laisser le temps de répondre, il avait déjà disparu.

Lorsque enfin nous fûmes de retour dans notre chambre, j'entrepris immédiatement de faire les bagages.

« Tu es fou ? s'exclama George. Nous n'avons qu'à attendre quelques heures, et nous recevrons cinq cents dollars à la fois de Womberg et de Claudia Hines. Ça nous fera alors deux mille dollars en tout, et avec ça nous pourrons aller partout où nous voudrons. »

Nous passâmes donc le lendemain à attendre dans notre chambre et à lire les journaux. L'un d'eux titrait sur une colonne entière, en première page : « Un célèbre chroniqueur mondain sauvagement agressé. » Et effectivement le courrier de l'après-midi nous apporta deux lettres, contenant chacune cinq cents dollars.

Nous avons pris un train de luxe, et en ce moment même, confortablement assis dans une voiture pullman et buvant du whisky, nous nous dirigeons vers le sud, vers un endroit où le soleil brille toute l'année et où il y a chaque jour des courses de chevaux. Nous sommes immensément riches, et George ne cesse d'affirmer que si nous plaçons la totalité de nos deux mille dollars sur un cheval à dix contre un, nous allons cette fois gagner vingt mille dollars et nous pourrons prendre notre retraite. « Nous posséderons une propriété à Palm Beach, dit-il, et nous donnerons des réceptions somptueuses. De belles jeunes femmes de la haute société prendront nonchalamment des bains de soleil autour de notre piscine, en sirotant des rafraîchissements ; et au bout d'un certain temps nous placerons peut-être une nouvelle somme sur un autre cheval, et nous deviendrons encore plus fabuleusement riches. Il est possible que dans ce cas nous finissions par nous fatiguer de Palm Beach et que nous nous mettions à parcourir le monde selon notre bon plaisir, en visitant les lieux de prédilection des gens fortunés. Monte-Carlo, et d'autres villes du même genre. Comme l'Aga Khan et le duc de Windsor. Nous deviendrons des membres éminents de la jet société internationale, les vedettes de cinéma nous souriront, les maîtres d'hôtel nous feront mille courbettes, et peut-être, dans l'avenir, peut-être même que nos noms seront cités dans la chronique de Lionel Pantaloon !

— Ça serait quelque chose, ça ! dis-je.

— Hein, tu te rends compte ! répond-il joyeusement. Tu ne trouves pas que ce serait un joli petit exploit ! »

Madame Bixby et le manteau du Colonel

L'Amérique est le paradis des femmes. Déjà elles règnent sur quatre-vingt-cinq pour cent des biens de la nation. En attendant les quinze pour cent qui restent. Le divorce est devenu un passe-temps lucratif, simple à exercer et facile à oublier. Les femelles, selon le degré de leur ambition peuvent le répéter aussi souvent qu'elles le désirent et entrer ainsi en possession de sommes astronomiques. Une autre bonne affaire, c'est la mort du mari. Certaines dames préfèrent cette méthode-là. Elles savent que la période d'attente ne se prolongera pas trop. Le surmenage et l'hypertension s'associent généralement pour retirer le pauvre diable de la circulation avant terme. Il expirera, à son bureau, un flacon de benzédrine dans une main, une boîte de tranquillisants dans l'autre.

Ces terrifiantes perspectives sont loin de décourager les jeunes générations. Plus le taux de divorces augmente, plus les jeunes gens s'y exposent. Ils se marient comme des rats, avant même d'être pubères. Et pour la plupart, à trente-cinq ans, ils ont déjà deux ex-femmes à leur compte. Pour entretenir convenablement ces dames, les ex-époux travaillent comme des forçats, ce qui est bien naturel car, réflexion faite, que sont-ils d'autre ? Mais, à l'approche d'un âge mûr précoce, ils voient la désillusion et l'angoisse s'installer dans leur cœur. Alors, quand la nuit tombe, ils se réfugient, par petits groupes, dans les clubs et dans les bars. Là, ils sirotent leur whisky, ils avalent leurs pilules tout en se racontant des histoires aussi réconfortantes que possible.

Le thème fondamental de ces histoires est toujours le même. Les personnages aussi sont les mêmes, il y en a trois – le mari, la femme, et le « sale type ». Le mari est obligatoirement un honnête homme qui travaille dur et dont l'existence est sans mystère. La femme, elle, est perfide, menteuse et lascive, elle passe invariablement son temps à brouiller les cartes en compagnie du « sale type ». Et le mari est trop bon pour même aller jusqu'à la soupçonner. Découvrira-t-il jamais la chose ? Sera-t-il cocu à perpétuité ? Oui, on le dirait. Mais attention ! Tout à coup, par une brillante et astucieuse manœuvre, le mari bouleverse les projets de sa monstrueuse épouse. Celle-ci est désarmée, humiliée, vaincue. Alors, autour du bar, l'assistance mâle, vengée, sourit dans sa barbe…

Beaucoup d'histoires de ce genre circulent ainsi, merveilleux récits sortis directement de l'imagination de quelque mâle infortuné. Pour la plupart, ces histoires sont trop niaises pour être répétées, ou bien trop scabreuses pour être imprimées. L'une d'elles pourtant semble valoir mieux que les autres, d'autant qu'elle a le mérite d'être vraie. Elle jouit d'une grande popularité auprès des hommes avides de réconfort et si vous en êtes, et si vous ne la connaissez pas encore, vous l'apprécierez peut-être. Cette histoire s'appelle « Madame Bixby et le manteau du Colonel », et elle relate à peu près ceci :

Le docteur et Mme Bixby vivaient dans un tout petit appartement, quelque part à New York. Le docteur Bixby était un dentiste aux revenus modestes. Mme Bixby était une forte femme aux lèvres humides. Une fois par mois, toujours un vendredi après-midi, Mme Bixby prenait le train à la gare de Pennsylvanie, pour Baltimore. Elle allait voir sa vieille tante. Elle y passait la nuit et rentrait à New York le lendemain, avant l'heure du dîner. Le docteur Bixby ne s'opposait nullement à cette habitude. Il savait que tante Maud vivait à Baltimore et que sa femme était très attachée à la vieille dame. Il eût été absurde de les priver toutes les deux du plaisir de cette rencontre mensuelle.

« À condition que vous ne me demandiez jamais de vous accompagner », avait dit au commencement le docteur Bixby.

« Bien sûr que non, mon chéri, avait répondu Mme Bixby. Après tout, ce n'est pas VOTRE tante. C'est la mienne. »

Donc, tout était pour le mieux.

Comme nous allons le voir, pourtant, la

vieille tante était un peu plus qu'un alibi commode pour Mme Bixby. Le « sale type », sous la forme d'un monsieur connu sous le nom du « Colonel », se dissimulait sournoisement derrière toute cette mise en scène. Et notre héroïne passait à Baltimore le plus clair de son temps en compagnie de cet individu. Le Colonel était fabuleusement riche. Il vivait dans une ravissante maison, aux environs de la ville. Ni femme ni enfants, rien que quelques discrets et loyaux serviteurs. Et lorsque Mme Bixby était absente, il se consolait en montant à cheval et en chassant le renard.

Voilà des années que durait cette euphorique liaison entre Mme Bixby et le Colonel. Ils se voyaient si rarement – douze fois par an, c'est bien peu si on y réfléchit – qu'ils ne risquaient pratiquement pas de s'ennuyer ensemble ou de se disputer. Au contraire, la longue attente entre leurs rencontres ne faisait qu'accroître leur tendresse.

« Taïaut ! » criait le Colonel chaque fois qu'il venait la chercher à la gare dans sa belle voiture. « Ma chère, j'avais presque oublié combien vous étiez belle. »

Huit années passèrent ainsi.

C'était avant Noël. Mme Bixby attendait à la gare de Baltimore le train qui allait la ramener à New York. La visite qui venait de s'achever avait été tout particulièrement agréable et elle était d'humeur joyeuse. Mais c'était toujours pareil. La compagnie du Colonel lui inspirait toujours ces sentiments-là. Cet homme avait le don de lui faire croire qu'elle était la plus remarquable des femmes, qu'elle possédait un charme subtil et exotique et qu'elle était la fascination même. Et comme il était différent de son dentiste de mari pour qui elle avait l'impression de n'être que l'éternelle cliente installée dans la salle d'attente, silencieuse devant les piles de magazines, rarement sinon jamais admise à l'intérieur pour se soumettre aux petits gestes précis de ses petites mains propres et roses.

« Le Colonel me charge de vous remettre ceci », fit une voix derrière elle. Elle se retourna et aperçut Wilkins, le groom du Colonel, un nain ratatiné à la peau grise. Il poussa dans ses bras un grand carton plat.

« Mon Dieu ! s'écria-t-elle, tout émue.

Quelle énorme boîte ! Qu'est-ce que c'est, Wilkins ? Y a-t-il un message ?

— Pas de message », dit le groom. Puis il partit.

Dès qu'elle fut dans le train, Mme Bixby porta la boîte là où il y avait écrit « Dames ». Elle ferma la porte et tira le verrou. Comme c'était passionnant ! Un cadeau de Noël du Colonel ! Elle se mit à défaire la ficelle. « Je parie que c'est une robe », se dit-elle tout haut. « Peut-être même deux robes. Ou bien toute une parure de fine lingerie. Je ne regarderai pas. J'y toucherai un peu pour deviner ce que c'est. J'essayerai aussi de deviner la couleur. Et puis le prix. »

Elle ferma les yeux et souleva lentement le couvercle. Puis elle plongea une main dans la boîte. Il y avait du papier de soie qui bruissait sous ses doigts. Il y avait aussi une enveloppe, ou peut-être une carte. Elle passa outre pour fouiller sous le papier. Ses doigts s'y enfoncèrent comme des vrilles.

« Mon Dieu, s'écria-t-elle soudain, ce n'est pas possible ! »

Elle ouvrit de grands yeux sur le manteau. Puis elle se jeta dessus et le tira de la boîte.

De grosses vagues de fourrure se frottaient contre le papier de soie et lorsqu'elle le souleva pour le voir dans toute sa longueur, il était si beau qu'elle en eut le souffle coupé.

Elle n'avait jamais vu un vison aussi superbe. Car c'était bien du vison, il n'y avait pas d'erreur. La fourrure était presque noire. Elle crut d'abord qu'elle l'était vraiment, mais plus près de la lumière, elle avait des reflets bleus, d'un bleu riche et profond comme du cobalt. Elle regarda vite l'étiquette qui disait en toute simplicité : VISON SAUVAGE DU LABRADOR. Mais rien n'indiquait l'endroit où le manteau avait été acheté. Rien. C'était certainement l'œuvre du Colonel. Ce vieux renard n'avait pas voulu laisser de trace. C'était bien son droit. Mais combien avait-il bien pu le payer ? Elle osait à peine y penser. Quatre, cinq, six mille dollars ? Peut-être plus ?

Elle ne parvenait pas à le quitter des yeux. Et, pour les mêmes raisons, elle ne put résister à l'envie de l'essayer. Elle fit tomber rapidement son vieux manteau rouge. Elle était tout essoufflée et ses yeux étaient tout ronds. Pouvoir toucher cette fourrure, mon

Dieu ! Ces belles manches aux épais revers ! Qui donc lui avait expliqué une fois que les peaux de femelles servaient toujours à faire les manches et des peaux de mâles pour le reste du manteau ? Quelqu'un, Joan Rutfield sans doute. Mais comment Joan pouvait-elle savoir ce que c'était qu'un vison…

Le grand manteau noir l'enveloppait comme une seconde peau. Oh, quelle étrange sensation ! Elle se regarda dans le miroir. Toute sa personnalité avait miraculeusement changé. Elle était éblouissante, rayonnante, riche, fière, voluptueuse, tout cela en même temps ! Et cette impression de puissance qu'il lui donnait ! Dans ce manteau, elle pourrait aller où elle voudrait et tout le monde lui ferait des courbettes. C'était trop beau, vraiment !

Mme Bixby prit l'enveloppe qui était encore dans la boîte. Elle l'ouvrit et sortit la lettre du Colonel.

« Vous m'avez dit un jour que vous aimiez le vison, alors je vous en offre un. On me dit qu'il est beau. Je vous demande de l'accepter avec mes vœux les plus sincères, comme cadeau d'adieu.

Car, pour des raisons qui me sont personnelles, je ne pourrai plus vous revoir. Adieu donc, et bonne chance. »

Eh bien !

Voilà du propre !

Juste au moment où elle se sentait si heureuse.

Plus de Colonel.

Quel choc affreux.

Il allait lui manquer énormément.

D'un geste lent, Mme Bixby caressa la douce fourrure noire.

C'était toujours cela de gagné.

Elle sourit et plia la lettre dans l'intention de la déchirer et de la jeter par la fenêtre, mais en la pliant, elle vit quelques mots écrits au revers :

« P.S. Dites que votre gentille et généreuse tante vous l'a offert pour Noël. »

La bouche de Mme Bixby, toute souriante encore voilà une seconde, se pinça soudain.

« Il est fou ! s'écria-t-elle. Tante Maud n'a pas de fortune. Elle ne pourrait jamais m'offrir une chose pareille ! »

Mais qui alors ?

Oh, grand Dieu ! Dans son émotion, elle avait complètement oublié de résoudre ce problème.

Dans deux heures, elle serait à New York. Dix minutes plus tard elle serait chez elle, face à son mari. Et même un homme comme Cyril, tout enfermé qu'il était dans son petit monde maussade et visqueux de racines, de caries et d'abcès, poserait quelques questions en voyant sa femme, retour d'un week-end, faire une entrée triomphale vêtue d'un manteau de vison de six mille dollars.

« On dirait, pensa-t-elle, on dirait que ce maudit Colonel l'a fait exprès, rien que pour me torturer. Il sait parfaitement que Tante Maud est pauvre. Il sait que je ne pourrai pas le garder. »

Mais Mme Bixby ne pouvait supporter l'idée de s'en séparer.

« J'ai DROIT à ce manteau ! dit-elle tout haut. J'ai droit à ce manteau !

— Bien, ma chère. Tu auras ce manteau. Mais ne perds pas la tête. Reste tranquille et réfléchis. Tu es une fille débrouillarde, pas vrai ? Ce n'est pas la première fois que tu te paies sa tête. Il n'a jamais été capable de voir plus loin que le bout de son stylet, tu le sais bien. Alors, du calme. Rien n'est perdu encore. »

Deux heures plus tard, Mme Bixby descendit du train à la gare de Pennsylvanie et se hâta vers la sortie. Elle avait remis son vieux manteau rouge et elle portait le carton sous le bras. Elle appela un taxi.

« Chauffeur, dit-elle, vous connaissez peut-être un prêteur sur gages encore ouvert dans les environs ?

— Il y en a plein le long de la Sixième Avenue, répondit-il.

— Alors, arrêtez au premier que vous voyez, s'il vous plaît. »

Elle monta dans le taxi, qui démarra.

Peu après, il s'arrêta devant une boutique où étaient suspendues trois boules de cuivre.

« Voulez-vous m'attendre ? » dit Mme Bixby au chauffeur. Elle quitta le taxi pour entrer dans la boutique.

Un énorme chat était accroupi sur le comptoir. Il mangeait des têtes de poissons dans une soucoupe. L'animal leva sur Mme Bixby ses yeux d'un jaune étincelant, puis il les baissa et se remit à manger. Mme Bixby se tenait près du comptoir, aussi loin que possible du chat. En attendant que quelqu'un arrive, elle regardait les montres, les boucles de chaussures, les broches d'émail, les vieilles lunettes, les jumelles cassées, les dentiers. « Pourquoi prêtent-ils toujours sur des dents ? » se demanda-t-elle.

« Oui ? fit le propriétaire en émergeant d'un coin sombre, au fond du magasin.

— Oh, bonsoir », dit Mme Bixby. Elle se mit à dénouer la ficelle du paquet. L'homme s'approcha du chat et lui caressa le dos. Le chat continuait à manger.

« C'est idiot, dit Mme Bixby. J'ai perdu mon porte-monnaie, et comme nous sommes samedi, les banques sont fermées et il me faudrait de l'argent pour le week-end. C'est un manteau de grande valeur, mais je n'en demande pas beaucoup. J'aimerais simplement de l'argent pour deux jours, jusqu'à lundi. Alors je viendrai le dégager. »

L'homme attendit sans rien dire. Mais lorsqu'elle eut sorti le manteau et permis à la belle fourrure de se déployer sur le comptoir, ses sourcils se soulevèrent, il quitta le chat et s'approcha pour voir.

« Si seulement j'avais une montre sur moi. Ou une bague. Je vous l'aurais donnée. Mais il se trouve que je n'ai sur moi que ce manteau. » Elle étendit ses doigts pour qu'il puisse les voir.

« Il a l'air neuf, remarqua l'homme en caressant la douce fourrure.

— Oh oui, il est neuf. Mais, comme je vous l'ai dit, je veux tout juste emprunter assez pour me tirer d'affaire jusqu'à lundi. Que diriez-vous de cinquante dollars ?

— D'accord pour cinquante dollars.

— Il vaut cent fois plus, mais je sais que vous en prendrez soin jusqu'à lundi. »

L'homme prit dans un tiroir un ticket qui ressemblait à ceux qu'on attache à la poignée d'une valise. La même taille, le même papier raide et brunâtre. Mais il était perforé au milieu de manière à pouvoir être partagé en deux, et les deux moitiés étaient identiques.

« Quel nom ? demanda-t-il.

— Laissez tomber. »

Elle vit l'homme hésiter et le bec de la plume osciller au-dessus de la ligne de pointillés.

« Vous n'êtes pas obligé de mettre le nom et l'adresse, n'est-ce pas ? »

L'homme haussa les épaules. Puis il secoua la tête et la plume descendit jusqu'à la ligne suivante.

« C'est que je préfère que vous ne le mettiez pas, dit Mme Bixby. Pour des raisons strictement personnelles.

— Alors il vaut mieux que vous ne perdiez pas ce ticket.

— Je ne le perdrai pas.

— Parce que, si quelqu'un le trouvait, il pourrait venir réclamer l'article.

— Oui, je le sais.

— Rien que sur le numéro.

— Oui, je sais.

— Que voulez-vous que je mette comme description ?

— Pas de description non plus. Ce n'est pas nécessaire. Mettez juste la somme que vous me prêtez. »

De nouveau, la plume hésita sur la ligne qui suivait le mot ARTICLE.

« Il vaudrait mieux mettre une description. Ça peut vous aider si des fois vous voulez vendre le ticket. On ne sait jamais.

— Je ne veux pas le vendre.

— Vous pourriez être obligée. Ça arrive souvent.

— Écoutez, dit Mme Bixby. Je ne suis pas fauchée, si c'est ce que vous voulez dire. J'ai simplement perdu mon porte-monnaie. Vous comprenez ?

— Bon, faites comme vous voudrez, dit l'homme. C'est votre manteau, après tout. »

À ce moment, une idée déplaisante vint à Mme Bixby. « Dites-moi, fit-elle, si je n'ai pas de description sur mon ticket, comment puis-je être sûre que vous me rendrez ce manteau et pas autre chose quand je reviendrai ?

— On l'inscrit dans le livre.

— Mais je n'ai que ce numéro. Vous pourriez me rendre n'importe quelle vieille loque !

— Voulez-vous une description, oui ou non ? demanda l'homme.

— Non, dit-elle. Je vous fais confiance. »

L'homme inscrivit « cinquante dollars » après le mot « valeur », sur les deux parties du ticket, puis il les sépara en suivant le pointillé et posa la moitié sur le comptoir. Il sortit son portefeuille et en retira cinq billets de dix dollars. « L'intérêt est de trois pour cent par mois, dit-il.

— Très bien. Et merci. Vous en prendrez bien soin, n'est-ce pas ? »

L'homme acquiesça en silence.

« Voulez-vous que je le remette dans le carton ?

— Non », dit l'homme.

Mme Bixby sortit de la boutique. Dans la rue, le taxi l'attendait. Dix minutes plus tard, elle était chez elle.

« Chéri, fit-elle en se penchant pour embrasser son mari. Je t'ai manqué ? »

Cyril Bixby laissa tomber le journal et regarda sa montre-bracelet. « Il est six heures vingt-six, dit-il. Tu es en retard.

— Je sais. Ces trains sont terribles. Tante Maud t'envoie ses amitiés, comme toujours. Je meurs de soif, et toi ? »

Le mari plia le journal en rectangle précis et le posa sur le bras du fauteuil. Puis il se leva pour se diriger vers le buffet. Sa femme se tenait toujours au milieu de la pièce. Occupée à ôter ses gants, elle le surveillait du coin de l'œil en se demandant combien de temps il mettrait. Il lui tournait maintenant le dos, penché pour doser le gin, scrutant le doseur comme si c'était la bouche d'un patient.

Comme il paraissait petit après le Colonel ! Le Colonel était gigantesque et velu et une vague odeur de raifort émanait de sa personne. Tandis que celui-ci était petit, glabre et maigrelet et il ne sentait rien, tout au plus les pastilles à la menthe qu'il suçait à longueur de journée pour avoir l'haleine fraîche.

« Regarde ce que j'ai acheté pour doser le vermouth, dit-il en désignant un verre gradué. Je peux doser à un milligramme près avec ça.

— Quelle bonne idée, chéri. »

« Il faut absolument que je le pousse à changer la façon dont il s'habille, se dit-elle. Ses vêtements sont plus que ridicules. » Il y avait eu un temps où elle les trouvait merveilleux, où elle admirait ses vestons édouardiens qui avaient six boutons et des revers montants, mais à présent ils lui paraissaient absurdes. Ainsi que ses pantalons en tuyaux de pipe. Il eût fallu, pour pouvoir porter des vêtements de ce genre, une tout autre tête que celle de Cyril. Son visage à lui était long et osseux, avec un nez mince et une mâchoire proéminente, et, en voyant sortir tout cet attirail de ces vêtements étroits et démodés, on pensait à une caricature de Sam Weller. Lui se prenait sans doute pour le beau Brummell. À son cabinet, il accueillait ses clientes la blouse blanche non boutonnée pour qu'elles puissent admirer sa mascarade. C'était probablement pour donner l'impression qu'il était quelqu'un. Mais Mme Bixby, elle, savait que tout ce plumage n'était que de la poudre aux yeux. Il lui rappelait un vieux paon qui fait la roue au milieu d'une pelouse alors qu'il a perdu la moitié de ses plumes.

« Merci, chéri, dit-elle. Elle prit le Martini et s'assit sur le sofa, son sac sur les genoux. Qu'as-tu fait hier soir ?

— Je suis resté à mon cabinet et j'ai fait quelques moulages. Puis j'ai fait des comptes.

— Sérieusement, Cyril, écoute. Je crois qu'il est grand temps de laisser à d'autres ce travail idiot. Par ta situation, tu es bien supérieur à ce genre de choses. Pourquoi ne donnes-tu pas les moulages à ton mécanicien ?

— J'aime mieux les faire moi-même. Je suis très fier de mes moulages.

— Je le sais, chéri, et je les trouve merveilleux. Ce sont les plus beaux moulages du monde. Mais je ne veux pas que tu travailles trop. Et pourquoi cette demoiselle Pulteney ne fait-elle pas les comptes ? C'est son travail, non ?

— Mais elle les fait. Mais il faut d'abord que j'établisse les prix. Elle ne connaît pas les conditions matérielles de mes malades.

— Ce Martini est excellent, dit Mme Bixby en posant son verre sur la table. Vraiment. » Elle ouvrit son sac et en tira un mouchoir, comme pour se moucher. « Oh, regarde ! s'écria-t-elle en voyant le ticket. J'allais oublier de te montrer ce que j'ai trouvé dans le taxi. Il y a un numéro, ce pourrait être une sorte de billet de loterie ou quelque chose de ce genre. Alors je l'ai gardé. »

Elle tendit à son mari le petit bout de carton brun. Il le prit entre ses doigts et l'examina minutieusement sous tous les angles, comme une dent suspecte.

« Tu sais ce que c'est ? fit-il.

— Non, mon cher. Qu'est-ce que c'est ?

— Un ticket de prêt sur gage.

— Un quoi ?

— Un ticket de prêteur. Voici le nom et l'adresse de la boutique. C'est sur la Sixième Avenue.

— Dommage, je suis déçue. J'espérais que c'était un ticket pour la Loterie irlandaise.

— Tu n'as aucune raison d'être déçue, dit Cyril Bixby. Au contraire, cela promet d'être plutôt amusant.

— Amusant, pourquoi, chéri ? »

Et il se mit à lui expliquer exactement comment fonctionnait un ticket de prêt en insistant tout particulièrement sur le fait que quiconque se trouvait en possession d'un ticket était habilité à réclamer l'objet déposé. Elle l'écouta patiemment, jusqu'au bout.

« Et tu crois que cela vaut la peine de le réclamer ? demanda-t-elle.

— Cela vaut toujours la peine de savoir ce que c'est. Tu vois ce qu'il y a marqué dessus ? Cinquante dollars ! Tu sais ce que cela veut dire ?

— Non, mon cher, qu'est-ce que cela veut dire ?

— Cela veut dire que l'objet en question a de fortes chances d'être quelque chose de grande valeur.

— Tu veux dire qu'il vaudra cinquante dollars ?

— Peut-être plus de cinq cents.

— Cinq cents ?

— Tu ne comprends donc pas ? Un prêteur sur gages ne donne jamais plus de dix pour cent de la valeur réelle.

— Ma foi, je l'ignorais.

— Il y a beaucoup de choses que tu ignores, ma chère. Maintenant, écoute. Puisqu'il n'y a ni nom ni adresse du titulaire…

— Mais il faut sûrement prouver d'une façon ou d'une autre que la chose m'appartient ?

— Rien du tout. Les gens font cela souvent. Ils ne veulent pas qu'on sache qu'ils sont allés chez un prêteur sur gages. Ils en ont honte.

— Alors tu crois que nous pouvons le garder ?

— Naturellement. Il est à nous maintenant.

— Tu veux dire à MOI, dit fermement Mme Bixby. C'est moi qui l'ai trouvé.

— Ma chère enfant, quelle importance ? L'important c'est de pouvoir aller le chercher, pour cinquante dollars seulement. Qu'en penses-tu ?

— Comme c'est drôle ! s'écria-t-elle. Et comme c'est passionnant de ne même pas savoir ce que c'est ! Cela pourrait être n'importe quoi, n'est-ce pas, Cyril ? N'importe quoi !

— Mais oui, bien sûr. Mais selon toute vraisemblance, ce sera une bague ou une montre.

— Alors, si c'était un véritable trésor ! Ce serait merveilleux ! Je veux dire quelque chose de vraiment ancien, un vase antique par exemple, ou une statue romaine.

— Je n'ai aucune idée de ce que ce sera. Nous verrons bien.

— Je trouve ça absolument fascinant ! Donne-moi le ticket et j'irai le chercher lundi matin !

— Je crois qu'il vaut mieux que j'y aille, moi.

— Oh, non ! s'écria-t-elle. C'est MOI !

— Eh bien, non. J'irai le chercher en allant à mon cabinet.

— Mais c'est MON ticket ! Laisse-moi faire, Cyril ! J'aimerais tant m'amuser !

— Tu ne connais pas ces prêteurs sur gages, ma chère. Tu serais capable de te laisser rouler.

— Mais non, sûrement pas ! Donne-le, s'il te plaît.

— Il faudrait aussi que tu aies les cinquante dollars, dit-il en souriant. Sans cela, on ne te remet pas l'objet.

— Je les ai, dit-elle. Enfin, je crois…

— Je préférerais que tu ne t'occupes pas de cela, si ça ne t'ennuie pas.

— Mais, Cyril, c'est moi qui l'ai trouvé ! C'est à moi d'y aller, voilà qui est juste !

— Naturellement que le ticket est à toi. Ce n'est vraiment pas la peine de faire tant d'histoires…

— Je ne fais pas d'histoires. Je suis un peu émue, voilà tout.

— Et tu n'as certainement pas pensé que cela pourrait être quelque chose de typiquement masculin – une montre de poche par exemple, ou une paire de boutons de manchettes. Il n'y a pas que les femmes pour aller chez les prêteurs sur gages, tu sais ?

— Dans ce cas, je t'en ferai cadeau pour Noël, dit Mme Bixby avec magnanimité. J'en serais enchantée. Mais si c'est un objet pour femme, je le veux pour moi. D'accord ?

— Cela me paraît très juste. Pourquoi ne viendrais-tu pas avec moi quand j'irai le chercher ? »

Mme Bixby fut sur le point de dire oui, mais se retint juste à temps. Elle ne désirait nullement être accueillie comme une habituée par le prêteur en présence de son mari.

« Non, dit-elle. Je ne crois pas. Tu sais, ce sera encore plus passionnant si je reste à la maison à t'attendre. Oh, j'espère que ce ne sera pas un truc sans intérêt.

— Tu soulèves là une question importante, dit-il. Si l'objet ne vaut pas les cinquante dollars, je ne le prendrai même pas.

— Mais tu disais qu'il en vaudrait cinq cents.

— C'est certain, ne t'en fais pas.

— Oh, Cyril, je suis si impatiente ! C'est passionnant, n'est-ce pas ?

— C'est amusant, fit-il en glissant le ticket dans la poche de son gilet. Il n'y a pas de doute. »

Le lundi matin, après le petit déjeuner, Mme Bixby accompagna son mari à la porte et l'aida à mettre son pardessus.

« Ne travaille pas trop, chéri, dit-elle.

— Non.

— Tu rentres à six heures ?

— Je l'espère.

— Auras-tu le temps d'aller chez le prêteur sur gages ? demanda-t-elle.

— Mon Dieu, je n'y pensais plus ! J'y vais maintenant. C'est sur mon chemin.

— Tu n'as pas perdu le ticket ?

— J'espère que non, dit-il en tâtant la poche de son gilet. Non, il est là.

— Tu as assez d'argent ?

— Juste ce qu'il faut.

— Mon chéri », dit-elle en s'approchant plus près de lui pour lui redresser la cravate qui, d'ailleurs, était parfaitement droite. « Si c'est quelque chose de beau, quelque chose qui me ferait plaisir, me téléphoneras-tu dès que tu seras à ton cabinet ?

— Si tu veux.

— Tu sais, au fond, j'aimerais bien que ce soit quelque chose pour toi, Cyril. Je le préférerais.

— C'est très généreux de ta part, ma chère. Mais maintenant, il faut que je me dépêche. »

Au bout d'une heure environ, le téléphone sonna. Mme Bixby fut si rapide qu'elle décrocha l'écouteur avant même la fin de la première sonnerie.

« Ça y est ! dit-il.

— Tu l'as ? Oh, Cyril, qu'est-ce que c'est ? C'est bien ?

— C'est fantastique ! Attends, tu verras ! Tu vas t'évanouir !

— Chéri, qu'est-ce que c'est ? Dis-le-moi vite !

— Tu es une veinarde, voilà ce que tu es.

— Alors c'est pour moi ?

— Bien sûr que c'est pour toi. Mais comment a-t-on pu mettre en gage une chose pareille pour cinquante dollars seulement ? Je n'y comprends vraiment rien. Ils sont fous, ces gens.

— Cyril ! Arrête de me tenir en haleine ! Je n'en peux plus !

— Tu deviendras folle en voyant la chose.

— Mais qu'est-ce que c'est ?

— Essaye de deviner. »

Mme Bixby freina. Attention ! se dit-elle. C'est le moment de ne pas aller trop vite.

« Un collier, dit-elle.

— Faux.

— Un solitaire.

— Tu ne brûles même pas. Je vais te faciliter les choses. C'est plutôt vestimentaire.

— Que veux-tu dire ? Un chapeau ?

— Ce n'est pas un chapeau, dit-il en riant.

— Oh, Cyril, dis-le-moi, je t'en conjure !

— Non. Je veux te faire une surprise. Tu le verras ce soir à la maison.

— Tu ne feras pas cela ! s'écria-t-elle. Je vais te rejoindre tout de suite !

— Je préfère que tu ne viennes pas.

— Ne sois pas stupide, chéri. Pourquoi pas ?

— Parce que j'ai trop à faire. Tu vas bousculer tout mon programme de ce matin. J'ai déjà une demi-heure de retard.

— Alors, je passerai à l'heure du déjeuner. D'accord ?

— Je ne déjeunerai même pas. Oh, et puis

bon, viens à une heure et demie, je mangerai un sandwich. Au revoir. »

À une heure et demie exactement, Mme Bixby sonna au cabinet du docteur. Celui-ci, dans sa blouse blanche de dentiste, vint lui-même ouvrir la porte.

« Oh, Cyril, je suis si impatiente !

— Il y a de quoi. Tu as de la veine, le sais-tu ? » Et il la précéda dans le couloir, puis au bureau.

« Allez déjeuner, mademoiselle Pulteney, dit-il à son assistante occupée à déposer avec zèle les instruments dans le stérilisateur. Vous terminerez cela en revenant. » Il attendit que la jeune femme partît. Puis il se dirigea vers le placard et s'arrêta. « La chose est là, dit-il. Et maintenant, ferme les yeux. »

Mme Bixby s'exécuta. Elle retint sa respiration et, dans le silence qui suivit, elle entendit s'ouvrir la porte du placard. Puis il y eut le doux froufroutement d'un vêtement que l'on décroche.

« Ça y est. Tu peux regarder !

— Je n'ose pas, dit-elle en riant.

— Vas-y. Fais un effort. »

En hésitant, en gloussant, elle entrouvrit

une paupière, juste une seconde, le temps d'apercevoir comme dans un brouillard l'homme à la blouse blanche qui tenait quelque chose en l'air.

« Du vison ! cria-t-il. Du vrai vison ! »

Au son de ce mot magique, elle ouvrit aussitôt les yeux et s'avança, prête à recevoir le manteau dans ses bras.

Mais il n'y avait pas de manteau. Rien qu'un ridicule petit tour de cou en fourrure qui pendillait à la main de son mari.

« Réjouis-en tes yeux ! » dit-il en le faisant onduler devant son visage.

Mme Bixby porta une main à sa bouche et recula. Je vais me mettre à hurler, se dit-elle. Je le sais. Je vais me mettre à hurler.

« Qu'y a-t-il, ma chère ? Il ne te plaît pas ? » Il arrêta le mouvement ondulatoire, en attendant qu'elle dise quelque chose.

« Eh bien, balbutia-t-elle. C'est… c'est… c'est très joli, vraiment. Très, très joli…

— Cela coupe le souffle, n'est-ce pas ?

— Oh ! oui…

— Merveilleuse qualité, dit-il, belle couleur. Sais-tu, ma chère, je crois qu'une pièce comme celle-ci te coûterait au moins deux ou trois mille dollars si tu voulais l'acheter dans un magasin.

— Je n'en doute pas. »

C'étaient deux peaux, deux petites peaux miteuses avec leurs têtes. Des yeux de verre et des petites pattes pendantes. L'une des deux têtes mordait la queue de l'autre.

« Voilà, fit-il. Essayons-le. » Il avança pour lui parer le cou, puis il recula pour mieux l'admirer. « C'est parfait. Ça te va à merveille. Le vison, ce n'est pas pour n'importe qui, ma chère.

— Pas pour n'importe qui, en effet.

— Il vaut mieux ne pas le mettre quand tu feras ton marché, sinon on va te croire millionnaire et te doubler les prix.

— J'y penserai, Cyril.

— Je crains que tu ne puisses rien espérer d'autre pour Noël. Cinquante dollars, c'est un peu plus que ce que j'allais y consacrer, de toute manière. »

Sur ce, il alla se laver les mains. « Maintenant, rentre vite, ma chère, et bon appétit. Je serais bien sorti avec toi, mais j'ai le père Gorman dans ma salle d'attente, avec une dent déplombée. »

Mme Bixby prit la porte.

Je vais aller tuer ce prêteur sur gages, se dit-elle. Je cours à sa boutique à l'instant même pour lui jeter cette camelote à la figure. Et s'il ne me rend pas mon manteau, je le tue.

« Je ne t'ai pas dit que je rentrerai tard ce soir ? demanda Cyril Bixby en se savonnant toujours les mains.

— Non.

— À en juger d'après maintenant, il sera au moins huit heures et demie. Neuf heures peut-être.

— Très bien. À ce soir. » Et Mme Bixby sortit en claquant la porte.

Au même instant, Mlle Pulteney, la secrétaire-assistante, venait à sa rencontre dans le couloir. Elle avait fini de déjeuner.

« Quel jour magnifique ! » dit Mlle Pulteney dans un sourire éclatant lorsqu'elle la croisa. Elle était suivie d'une traînée de parfum. Sa démarche était ondulante et elle avait l'air d'une reine, oui, d'une reine, dans le superbe manteau de vison noir que le Colonel avait offert à Mme Bixby.

COLLECTION FOLIO 2€

Dernières parutions

5636. Collectif	*Jouons encore avec les mots. Nouveaux jeux littéraires*
5637. Denis Diderot	*Sur les femmes* et autres textes
5638. Elsa Marpeau	*Petit éloge des brunes*
5639. Edgar Allan Poe	*Le sphinx* et autres contes
5640. Virginia Woolf	*Le quatuor à cordes* et autres nouvelles
5714. Guillaume Apollinaire	*« Mon cher petit Lou ». Lettres à Lou*
5715. Jorge Luis Borges	*Le Sud* et autres fictions
5717. Chamfort	*Maximes* suivi de *Pensées morales*
5718. Ariane Charton	*Petit éloge de l'héroïsme*
5719. Collectif	*Le goût du zen. Recueil de propos et d'anecdotes*
5720. Collectif	*À vos marques ! Nouvelles sportives*
5721. Olympe De Gouges	*« Femme, réveille-toi ! » Déclaration des droits de la femme et de la citoyenne* et autres écrits
5722. Tristan Garcia	*Le saut de Malmö* et autres nouvelles
5723. Silvina Ocampo	*La musique de la pluie* et autres nouvelles
5758. Anonyme	*Fioretti*
5759. Gandhi	*En guise d'autobiographie*
5760. Leonardo Sciascia	*La tante d'Amérique*
5761. Prosper Mérimée	*La perle de Tolède* et autres nouvelles
5762. Amos Oz	*Chanter* et autres nouvelles
5794. James Joyce	*Un petit nuage* et autres nouvelles
5795. Blaise Cendrars	*L'Amiral*
5797. Ueda Akinari	*La maison dans les roseaux* et autres contes
5798. Alexandre Pouchkine	*Le coup de pistolet et autres récits de feu Ivan Pétrovitch Bielkine*
5818. Mohammed Aïssaoui	*Petit éloge des souvenirs*
5819. Ingrid Astier	*Petit éloge de la nuit*

5820. Denis Grozdanovitch — *Petit éloge du temps comme il va*
5821. Akira Mizubayashi — *Petit éloge de l'errance*
5835. F. Scott Fitzgerald — *Bernice se coiffe à la garçonne* précédé de *Le pirate de la côte*
5836. Baltasar Gracian — *L'Art de vivre avec élégance*
5837. Montesquieu — *Plaisirs et bonheur* et autres pensées
5838. Ihara Saikaku — *Histoire du tonnelier tombé amoureux*
5839. Tang Zhen — *Des moyens de la sagesse* et autres textes
5856. Collectif — *C'est la fête ! La littérature en fêtes*
5896. Collectif — *Transports amoureux. Nouvelles ferroviaires*
5897. Alain Damasio — *So phare away* et autres nouvelles
5898. Marc Dugain — *Les vitamines du soleil*
5899. Louis Charles Fougeret de Monbron — *Margot la ravaudeuse*
5900. Henry James — *Le fantôme locataire* précédé de *Histoire singulière de quelques vieux habits*
5901. François Poullain de La Barre — *De l'égalité des deux sexes*
5902. Junichirô Tanizaki — *Le pied de Fumiko,* précédé de *La complainte de la sirène*
5903. Ferdinand von Schirach — *Le hérisson* et autres nouvelles
5904. Oscar Wilde — *Le millionnaire modèle* et autres contes
5905. Stefan Zweig — *Découverte inopinée d'un vrai métier* suivi de *La vieille dette*
5935. Chimamanda Ngozi Adichie — *Nous sommes tous des féministes* suivi des *Marieuses*
5973. Collectif — *Pourquoi l'eau de mer est salée* et autres contes de Corée
5974. Balzac — *Voyage de Paris à Java* suivi d'*Un drame au bord de la mer*
5975. Collectif — *Des mots et des lettres. Énigmes et jeux littéraires*
5976. Joseph Kessel — *Le paradis du Kilimandjaro* et autres reportages

5977. Jack London — *Une odyssée du Grand Nord* précédé du *Silence blanc*

5992. Pef — *Petit éloge de la lecture*

5994. Thierry Bourcy — *Petit éloge du petit déjeuner*

5995. Italo Calvino — *L'oncle aquatique* et autres récits cosmicomics

5996. Gérard de Nerval — *Le harem* suivi d'*Histoire du calife Hakem*

5997. Georges Simenon — *L'Étoile du Nord* et autres enquêtes de Maigret

5998. William Styron — *Marriott le marine*

5999. Anton Tchékhov — *Les groseilliers* et autres nouvelles

6001. P'ou Song-ling — *La femme à la veste verte. Contes extraordinaires du Pavillon du Loisir*

6002. H. G. Wells — *Le cambriolage d'Hammerpond Park* et autres nouvelles extravagantes

6042. Collectif — *Joyeux Noël ! Histoires à lire au pied du sapin*

6083. Anonyme — *Saga de Hávardr de l'Ísafjördr. Saga islandaise*

6084. René Barjavel — *Les enfants de l'ombre* et autres nouvelles

6085. Tonino Benacquista — *L'aboyeur* précédé de *L'origine des fonds*

6086. Karen Blixen — *Histoire du petit mousse* et autres contes d'hiver

6087. Truman Capote — *La guitare de diamants* et autres nouvelles

6088. Collectif — *L'art d'aimer. Les plus belles nuits d'amour de la littérature*

6089. Jean-Philippe Jaworski — *Comment Blandin fut perdu* précédé de *Montefellóne. Deux récits du Vieux Royaume*

6090. D.A.F. de Sade — *L'Heureuse Feinte* et autres contes étranges

6091. Voltaire — *Le taureau blanc* et autres contes

Composition Nord compo
Impression Novoprint
à Barcelone, le 02 mai 2016
Dépôt légal : mai 2016
ISBN 978-2-07-078266-6./Imprimé en Espagne.

297836